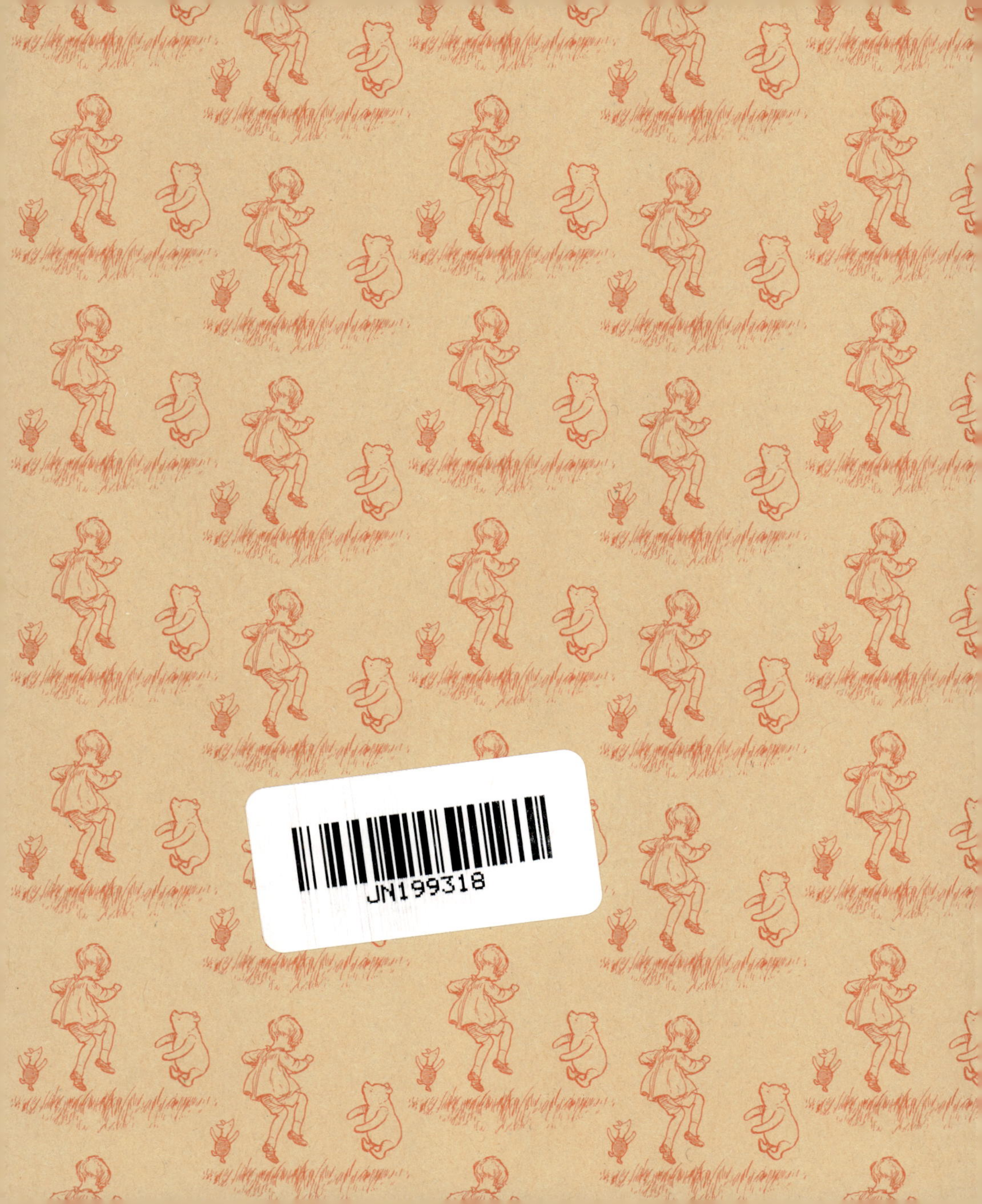

クマのプーさんとぼく

A・A・ミルン

E・H・シェパード 絵

小田島雄志・小田島若子 訳

河出書房新社

クマのプーさんとぼく　目次

ブックデザイン
鈴木千佳子

アン・ダーリントンへ
彼女《かのじょ》はいま七歳《ななさい》であり
そして
彼女はあまりにも
特別《とくべつ》な
おともだちだから

はじめに

詩《し》の朗読《ろうどく》、ということを、わたしたちはけっしてしませんが、みなさんが詩を朗読しはじめようとするとき、ジョンおじさんがローズおばさんにむかって、「めがねがないとちゃんときけないのだが、どこにあるか知《し》らないか？」とたずねたりすることがよくあるでしょう。そしてみんなが、めがねさがしをやめたときには、もう詩のおわりにきていて、一分後《いっぷんご》にはみんなどういう詩だったかわからないまま、「ありがとう、ありがとう」といっているでしょう。そこで、つぎのときには、みなさんももっと気《き》をつけるようになり、詩の朗読をはじめるまえに、「エッヘン！」と大《おお》きな声《こえ》をだすでしょう。それは、「いいですか、はじめますよ」といういみなのです。するとみんなおしゃべりをやめてあなたを見《み》るでしょう、あなたがのぞんだとおりに。そこでみなさんは、詩の朗読をたのまれるといつも、まず「エッヘン！」というくせがつくでしょう。それでうまくいくときもあるし、うまくいかないときもあるかもしれません……やがてそのうちにあなたはなにもかんがえずに「エッヘン！」といっているでしょう。

　ところで、わたしがいま書《か》いているこの文章《ぶんしょう》は、「はしがき」というものですが、じつはこの本《ほん》の「エッヘン」なのです。そして、ここでわたしが「エッヘン」というのは、一《ひと》つにはみなさんに「いいですか、はじまりますよ」と注意《ちゅうい》するためですが、一つにはわたしのくせになっていて、そうしないではいられないからでもあるのです。かしこい作家《さっか》たちのなかには、「エッヘン」なしですませるのはかんたんだ、という人《ひと》もいます、しかしわたしはそうはおもいません。わたしはこの本ののこりぜんぶを、なしですませるほうがはるかにかんたんだとおもいます。

　この「はしがき」でわたしがいっておきたいのは、つぎのようなことです。わたしたちはこの本を書くのに三年《さんねん》ちかくかかりました。書きはじめたのは、わたしたちがまだおさないときでした……そしていま、わたしたちは六歳《ろくさい》です。ですから、もちろん、この詩のなかには、いまのわたしたちには赤《あか》ん坊《ぼう》みたいにおさなすぎる、とおもわれるものもあります、まるでまちがってほかの本から入《はい》りこんでしまったかのように。あるページには、まだ三歳《さんさい》のころのようなものがでてきます、それをいまわたしたちがよむと、「フン、フン、フン」といってさっさとページをめくってしまいます。ですから、みなさんにおねがいしたいのは、この本の題名《だいめい》（原題《げんだい》『いまわたしたちは六歳』）から、わたしたちがずっと六歳であったとはかんがえないでください、ということです。わたしたちは、いまやっと六歳になったばかりであり、ずっとそのままでいるのじゃないかとかんがえはじめているところなのですから。

A・A・ミルン

追伸《ついしん》　クマのプーさんが、これはじぶんとはべつの本だとみなさんにつたえてほしい、とのことです、そして、それでもおこらないでよんでくださいといっています。しかしプーさんは、ある日《ひ》ともだちのコブタくんをさがして、この本のなかをあるいているうちに、まちがってどこかのページにすわりこんでしまいました。

クマのプーさんとぼく

ひとりぼっち

おおぜい人《ひと》がいるときに
ぼくだけがいくおうちがある
だれもぜったいにはいれない
ぼくだけがいくおうちがある
だれも「だめ」っていわない
ぼくだけがいくおうちがある
だれもなんにもいわない
ぼくだけがいるおうちがある

ジョン王《おう》さまのクリスマス

ジョン王さまはいい人《ひと》じゃなかった——
すこしわがままだった
だれからも口《くち》をきいてもらえずに
なんにちもなんにちもなんにちもすぎた
まちをあるいている人たちは
王さまとすれちがうとき
けいべつするような目《め》をしたり
わざとしらんかおしてとおりすぎた
するとジョン王さまはだまったたまま
かんむりの下《した》の顔《かお》を赤《あか》くして立《た》っていた

ジョン王さまはいい人じゃなかった
おともだちはひとりもいなかった
午後《ごご》はいつもうちにいるのだが

お茶《ちゃ》をのみにくる人はひとりもいなかった
そして十二月《じゅうにがつ》になっても
クリスマスのよろこびをのべ
新年《しんねん》のしあわせをいのるカードは
したしい人からは一枚《いちまい》もこなかった
だんろの上《うえ》にかざられたのは
じぶんでかいたカードだけだった

ジョン王さまはいい人じゃなかった
でも希望《きぼう》もあったししんぱいもあった
だれからもクリスマス・プレゼントをもらわないで
なんねんもなんねんもなんねんもすぎた
それでもまいとしクリスマスがきて
辻音楽師《つじおんがくし》がまちに立ち
うたをうたってわかものたちから
お金《かね》をもらっているころ
王さまはこっそり二階《にかい》にあがり

希望をこめてくつしたをつるした

ジョン王さまはいい人じゃなかった
ひとりぼっちでくらしていた
屋根《やね》の上にのぼりながら
ひとりで手紙《てがみ》の文《ぶん》をかんがえ
それをきれいに紙《かみ》にかくと
大《おお》きなえんとつにはりつけた
「くにじゅうのすべての人たち
とくにサンタクロースのおじさんに」
そして「国王《こくおう》ジョン」ではなく
ただ「ジョン」とだけサインした

「ぼくはクラッカーがほしいのです
キャンディもほしいのです
チョコレートがひとはこあれば
すてきだろうなあとおもいます

オレンジもきらいじゃありません
ナッツはだいすきです！
それにぼくがどうしてもほしいのは
ほんとに切《き》れるポケット・ナイフです
そしてサンタクロースのおじさん　ぼくをあいしてくれるなら
大きな赤いゴムのボールをもってきてください！」

ジョン王さまはいい人じゃなかった――
この手紙をかいてはりつけると
えんとつの口からおりて
じぶんのへやへもどった
だけどひとばんじゅう
希望としんぱいでねむれなかった
「サンタクロースはもうくるころかな」
（しんぱいでまゆげがくもった）
「どれかひとつはもってきてくれるだろう――
ぼくがもらうはじめてのプレゼントを」

「クラッカーのことはわすれてください
キャンディのこともわすれてください
チョコレートがひとはこあっても
すてきだろうなあとはおもいません
オレンジはすきじゃありません
ナッツもほしくありません
それにまああ切れるポケット・ナイフを
ちゃんともっているのです
だけどサンタクロースのおじさん　ぼくをあいしてくれるなら
大きな赤いゴムのボールをもってきてください！」

ジョン王さまはいい人じゃなかった――
よくあさお日《ひ》さまがのぼり
まちにまったクリスマスが
とうとうやってきた
みんなは　くつしたをとり

大はしゃぎでそれをあけた
クラッカーやおもちゃやゲームがでてきて
みんなの口はキャンディでべとべとになった
ジョン王さまはふきげんそうにいった　「しんぱいしていたとおり
こんどもぼくにはなんにもない！」

「ぼくはクラッカーがほしかった
キャンディもほしかった
チョコレートがひとはこあれば
すてきなこともわかっていた
オレンジはだいすきだ
ナッツもほしかった
それにほんとに切れるポケット・ナイフなど
ぼくはもっていない
でもサンタクロースのおじさんが　ぼくをあいしてくれるなら
大きな赤いゴムのボールをもってきてくれたはずだ」

ジョン王さまは窓《まど》のそばに立って
ふきげんそうな顔で下を見《み》おろした
男《おとこ》の子《こ》や女《おんな》の子がたのしそうに
雪《ゆき》のなかであそんでいた
しばらくそこに立ったまま
うらやましそうにみんなをながめていた……
するととつぜん大きな赤い窓から
王さまのあたまをとびこして
ポーンとベッドにおちてきた
大きな赤いゴムのボール！

ああ　サンタクロースのおじさん
どうもありがとう
ぼくのおねがいをきいて
もってきてくれたのですね
大きな　赤い
ゴムのボール！

いそがしい

ぼくはパンやのおじさんだ　でもすずはないし
パンやさんがうってるようなパンもない
ぼくはゆうびんやさんだ　いや　でんしゃだ
なんだかすこしおかしいな　じぶんがなにかわからない

だけど
　ぐるぐる
　ぐるぐる
　ぐるっとまわって
　テーブルをまわって
　こどもべやのテーブルをまわって

　ぐるぐる
　ぐるぐる
　ぐるっとまわっていく
ぼくはクマからにげているたびびとだ

ぼくはゾウだ
その前《まえ》にもう一とうのゾウがいる
その前にほんとはいないもう一とうのゾウがいる……

だから
　ぐるぐる
　ぐるぐる
　ぐるぐる　ぐるぐる
　ぐるぐる
　ぐるっとまわって
　いく

ぼくはきっぷをうるきっぷうりだ——はい　どうぞ
ぼくはかぜの子《こ》どもをしんさつするおいしゃさんだ
ぼくは乳母車《うばぐるま》をおしているばあやだ
なんだかすこしおかしいな　じぶんがなにかわからない

だけど
　ぐるぐる
　ぐるぐる
　ぐるっとまわって
　テーブルをまわって
　こどもべやのテーブルをまわって
　ぐるぐる
　ぐるっとまわっていく

ぼくは子犬《こいぬ》だ　だからハアハア舌《した》をだす
ぼくはラクダだ
じぶんのこどもをさがしているラクダを
さがしているラクダをさがしているんだ

だから
ぐるぐる
ぐるぐる
ぐるぐる　ぐるぐる
ぐるぐる
ぐるっとまわって
いく

くしゃみ

クリストファー・ロビンは
ひゅうひゅうぜいぜいいって
くしゃんとくしゃみをした
すっぽりふとんにつつまれて
ベッドのなかに
いれられた
みんなは鼻《はな》かぜの
てあてをした
あたまがいたむかぜの
てあてもした
みんなはしんぱいした
ひゅうひゅうぜいぜいいうのは
はしかに
ならないかしら

くしゃんとくしゃみをするのは
おたふくかぜに
ならないかしら
みんなはクリストファーのむねをしらべた
赤《あか》いぼつぼつがないかしら
からだのどこかが
はれたりふくらんだりしていないかしら

みんなはおいしゃさんをよびにやり
くしゃんとくしゃみをしたり
ひゅうひゅうぜいぜいいうときに
どんなことをしたらいいか
おしえてもらうことにした

ありとあらゆる
ゆうめいなおいしゃさんが
おおいそぎで

かけつけてきた
おいしゃさんたちは
のどのぐあいをみてたずねた
のどがかわいているかね
くしゃんとくしゃみをしたのは
ひゅうひゅうぜいいいったあとかね
それともくしゃみのほうが
さきだったかね
おいしゃさんたちはいった　「もしもこのまま
ほうっておくと
くしゃんとくしゃみをしたり
ひゅうひゅうぜいいいったりして
はしかになるかもしれない
だけどだいじに
かんびょうしてやれば
ひゅうひゅうぜいぜいいったり
くしゃんとくしゃみをしたりしても

はしかはきっとなおるだろう」

おいしゃさんたちはくわしくせつめいした
くしゃんとくしゃみをしたり
ひゅうひゅうぜいぜいいったり
はしかにかかったりしたとき
どうなるかを
おいしゃさんたちはいった「もしもこの子《こ》が
すきまかぜやそとのかぜでぶるぶるぶるぶるふるえたら
もっとこわーいびょうきにだって
かかるかもしれない」

★ ★ ★

クリストファー・ロビンは
よくあさ目《め》がさめた
くしゃみはどこかにきえていた
クリストファーの目は空《そら》をみあげて

こういっているようだった 「さあ
きょうはどうやってみんなをたのしませようかな?」

ビンカー

ビンカー——とぼくがよんでいるもの——ぼくだけのひみつ
ビンカーのおかげでぼくはちっともさびしくない
こどもべやであそんでいるときも　かいだんにすわっているときも
なにをしているときもビンカーがそばにいるんだ

パパはとってもとってもあたまがいい人《ひと》だ
ママはせかいで一ばんすばらしい人だ
ばあやはばあやだ　ぼくはナンとよんでいる
だけどみんなには
見《み》えないんだ
ビンカーが

ビンカーがいつもおしゃべりするのは　ぼくがしゃべることをおしえるからだ
ビンカーはときどきへんてこなキイキイごえでしゃべりたがる

そしてときどきウーウーうなりごえでしゃべりたがる
ぼくがかわりにそうするのはビンカーののどがヒリヒリするからだ

パパはとってもとってもあたまがいい人だ
ママはだれよりもなんでも知《し》っている人だ
ばあやはばあやだ　ぼくはナンとよんでいる
だけどみんなは
知らないんだ
ビンカーを

ビンカーはこうえんをはしるとき　ライオンみたいにつよい
ビンカーはくらやみにねているとき　トラみたいにつよい
ビンカーはゾウみたいにつよくて　けっして泣《な》かない
泣くのは（ほかの人のように）せっけんが目《め》にはいったときだけだ

パパはパパだ　パパらしい人だ
ママはだれよりもママらしい人だ

ばあやはばあやだ　ぼくはナンとよんでいる
だけどみんなは
にていないんだ
ビンカーに

ビンカーはくいしんぼうじゃない　でもたべることがだいすきなんだ
だからぼくはみんながあまいものをくれるときこういわなくちゃ
「ビンカーもチョコレートをほしがってるから二《ふた》つくれない？」
ぼくがかわりにたべるのはビンカーの歯《は》がはえたばかりだからだ

ぼくはパパがだいすき　だけどパパはあそぶひまがない
ぼくはママがだいすき　だけどときどきでかけてしまう
ぼくはばあやにはらをたてる　だけどそれはぼくのかみをとかそうとするからだ……
だけどビンカーはビンカーだ　いつもそばにいるんだ

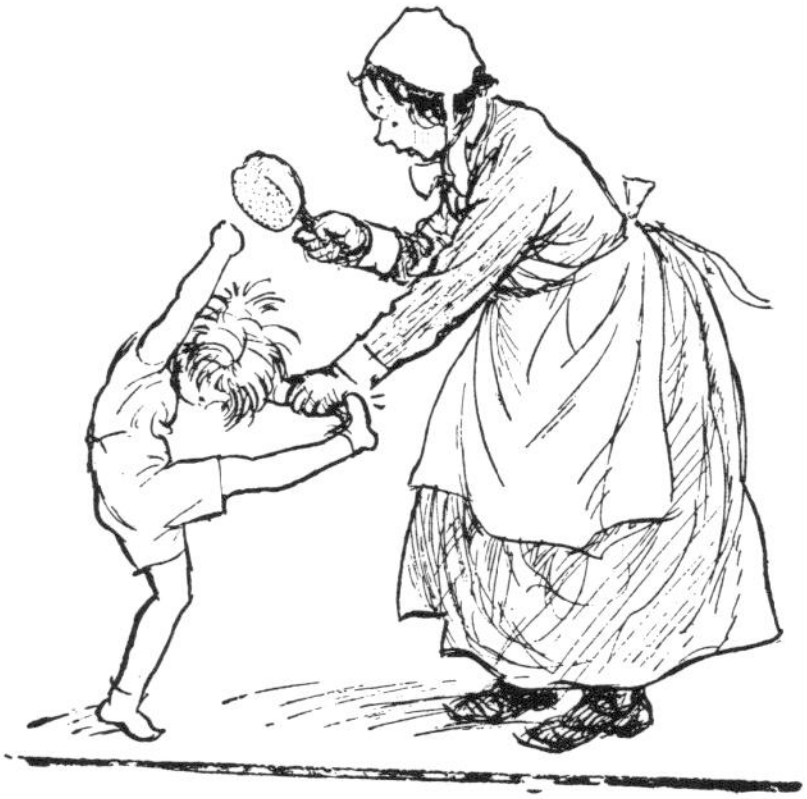

さくらんぼのたね

いかけやさん　したてやさん
へいたいさん　すいへいさん
おかねもち　びんぼうにん
たがやす人《ひと》　ぬすむ人――

カウボーイはどうだろう？
おまわりさん　ろうやのばんにん
きかんしゃのうんてんし
それともかいぞくのおやぶんは？
ゆうびんやさんはどうだろう——どうぶつえんのしゅえいさんは？
サーカスごやにお客《きゃく》をいれるおじさんは？
回転木馬《かいてんもくば》やブランコのお金《かね》をうけとる人は？
オルガンをひく人やうたをうたう人は？
ポケットにうさぎをいれてる手品師《てじなし》はどうだろう？
ロケットをつくってるロケットつくりのおじさんは？

ああ　あんまりやりたいことやなりたいものがいっぱいあって
ぼくの小《ちい》さいさくらの木《き》はいつもさくらんぼでいっぱい！

よろいをギシギシいわせない騎士《きし》の話《はなし》

アップルドアの騎士のなかで
一ばんかしこいのはサー・トマス・トムだ
かけざんの九九《くく》も四のだんまでできたし
いくつから九をひくと十一になるかもわかってた
ともだちの騎士に
手紙《てがみ》をかくこともできた

アップルドアの騎士のなかで
サー・トマスができることをできる騎士はいなかった
サー・トマスは剣《けん》のみがきかたを知《し》っていた
ほかにもいろんなことができた
よろいのギシギシいう音《おと》を
いわせない方法《ほうほう》も知っていた

サー・トマスがあんまり決闘《けっとう》をしなかったのは
うったりたたいたりすることが
きらいなせいじゃなかった
しょっちゅうけがをして
だいじな頭《あたま》をだいなしにするのは
つまらないとおもったから

お城《しろ》（トム城《じょう》）がたっていたのは
見《み》はらしのいい丘《おか》の上《うえ》
サー・トマスは雨《あめ》さえふらなければ
まいにちお城の上で見張《みは》りをつづけ
泳《およ》ぎのできない小《ちい》さな騎士が
お堀《ほり》のむこうぎしにきて挑戦《ちょうせん》するのをまっていた

サー・トマスは勇気《ゆうき》りんりん
広《ひろ》い野原《のはら》を馬《うま》でかけまわった
どこかの騎士がちかづいてくると

いそいでお城へかけもどった
かくれたまま敵《てき》が通《とお》りすぎてから
勝利《しょうり》のラッパを吹《ふ》くこともあった

ある日《ひ》サー・トマス・トムは
近《ちか》くのものかげでやすんでいた
もの音がしていつものようにサー・トマスは
あわててかくれた　そのもの音は
いつもの音よりなんだか
小さかった……それとも大《おお》きかったかな？

馬がパッカパッカ　ラッパがプープー
剣がヒュウヒュウ　よろいがギシギシ
サー・トマスの近くではいつもこういう音が
とくによろいのきしる音がよくしていた
こんどもそうか　そうじゃないか？
なにかがちがう　でもなんだろう？

サー・トマスは耳《みみ》をすまして
　サー・ヒューが通りすぎるもの音をきいた
近くにすんでいるどの騎士よりも
　この見なれない騎士の通る音はすてきだった
そのわけはとつぜんサー・トマスの耳に
ひびいてきた　（いや　ひびいてこなかった）

サー・トマスはその騎士のゆくえを見たが――
　あんまりくやしくて声《こえ》もでなかった
この地方《ちほう》ではずっとじぶんがこうよばれていた
「よろいをギシギシいわせない騎士！」
ところがどうだ　ここにもうひとり
よろいをギシギシいわせない騎士がいた

いそいでつないである馬のところへいくと
　拍車《はくしゃ》をあてて馬を走《はし》らせた

サー・トマスのたったひとつのしんぱいは
「敵の剣はどんなにするどいか？」じゃなく
「敵の心《こころ》はどんなにいさましいか？」じゃなく
「もう遠《とお》くまでいってしまったかな？」それだけだった

サー・ヒューはこしに手《て》をあてうたっていた
とつぜんなにかがやってきて
うたっているまっさいちゅうに
ビューッとするどいひとふりをくらった
「かみなりだ！　まちがいない！」
サー・ヒューはよろよろ馬からおりた

サー・トマス・トムは馬からおりると
しんせつそうにはなしかけた
「しつれいだがあなたのつけている
おもいよろいをぬがせてあげよう
こういうときにはどんなりっぱな騎士も

よろいがきつすぎるとおもうものだから」

サー・ヒューのよろいをはぎとったところから
百《ひゃく》メートルほどはなれたところに
サー・トマスはちょうどいい池《いけ》を見つけた
足《あし》をぬらさないように気《き》をつけて
サー・トマスはよろいを水《みず》ぎわにはこぶと
ざんぶりほうりこみ……しずんでいくのをみとどけた

それからずっとこの地方の人《ひと》びとは
アップルドアのトマス・トムのことを
「よろいをギシギシいわせない騎士」と
とくいそうにいいつたえた
騎士ヒューはすっかりあきらめて
ほかの騎士たちのようによろいをギシギシいわせている

キンポウゲの日々《ひび》

どこにいるのアン?
あたまが見《み》えてるよ　キンポウゲの原《はら》
小川《おがわ》にそってどこまでも
あるいていくよ　キンポウゲの原
どこにいるのアン?
男《おとこ》の子《こ》といっしょに
あるいていくよ　夢《ゆめ》みるように
見えなくなったよ　キンポウゲのなか

栗色《くりいろ》のあたまのなかでなにをかんがえているのアン?
とても口《くち》ではいえないすてきなかんがえ
小《ちい》さな手《て》のなかになにをにぎっているのアン?
だれかのゆび　クリストファーのおやゆび

どこにいるのアン？
男の子によりそって
栗色のあたまと金色《きんいろ》のあたま
見えがくれしている　キンポウゲの原

炭焼《すみやき》おじさん

炭焼おじさんはいろいろお話《はなし》してくれる
おじさんがすんでいるのは森《もり》のなか
たったひとりで森のなか
すわっているのは森のなか
たったひとりで森のなか
お日《ひ》さまが木々《きぎ》の間《あいだ》にななめにさすと
うさぎたちがやってきておはようという
うさぎたちがやってきて「美《うつく》しい朝《あさ》だね」という……
お月《つき》さまが高《たか》い黒《くろ》い木々をてらすと
ふくろうがとんできておやすみという
しずかにとんできておやすみという……

炭焼おじさんはすわってかんがえる
おじさんと森だけが知《し》ってることを

やってくる春《はる》を　すぎていく夏《なつ》を
しだやヒースの葉《は》におかれる秋《あき》の露《つゆ》を
雪《ゆき》の下《した》にかくされる森のしたたりを……
おじさんと森が見《み》たことを
おじさんと森がきいたことを
晴《は》れわたる四月《しがつ》の空《そら》を　鳥《とり》の歌《うた》を
炭焼おじさんはいろいろお話してくれる！
おじさんは森のなかにすんでいる　ぼくたちのなかよしだ

ぼくたちふたり

ぼくがどこにいてもそこにはかならずプーがいる
いつもいっしょにプーとぼくがいる
ぼくのすることをなんでもプーはしたがる
「きょうはどこへいくの?」　プーはいう
「ふしぎだなあ　おなじところへいきたいなんて
いっしょにいこう」　プーはいう
「いっしょにいこう」　プーはいう

「十一の二ばいはいくつ？」　ぼくはプーにいった
（「なんの二ばいだって？」　プーはぼくにいった）
「二十二でいいんじゃないかとおもうけど」
「ぼくのこたえとぴったりおなじだ」　プーはいった
「このけいさんはやさしくなかったけど
それであってるよ」　プーはいった
「それであってるよ」　プーはいった

「竜《りゅう》をさがそう」　ぼくはプーにいった
「うん　いこう」　プーはぼくにいった
ふたりで川《かわ》をわたる　いたぞ　いたぞ——
「たしかにあれは竜だ」　プーはいった
「くちばしを見《み》てすぐわかったよ
あれがそうだよ」　プーはいった
「あれがそうだよ」　プーはいった

「竜をこわがらせよう」　ぼくはプーにいった
「そうしよう」　プーはぼくにいった
「こわくなんかないぞ」　ぼくはいった
プーと手《て》をつないでぼくはさけんだ「コラア！
まぬけの竜め！」　すると竜はとんでいった
「こわくなかったよ」　プーはいった
「ふたりでいればちっともこわくない」　プーはいった

ぼくがどこにいてもそこにはかならずプーがいる
いつもいっしょにプーとぼくがいる
「おまえがいなかったらぼく
なにをしたらいいだろう？」　ぼくはいった
「ほんと　ひとりじゃおもしろくない」　プーはいった
「でもふたりいっしょなら」　プーはいう
「いつだってたのしいよ」　プーはいう

としよりの水夫《すいふ》

おじいさんの知《し》りあいにとしよりの水夫がいた
やりたいことがいっぱいあったのに
いざはじめようとおもうといつも
もっと大事《だいじ》なことがでてきて　できなかった

船《ふね》がなんぱしてある島《しま》に何週間《なんしゅうかん》もいることになった
まず帽子《ぼうし》がいる　それからズボンがいる
それから本《ほん》にでてくるウミガメなんかをとるために
あみやつりざおやつりばりがいる

そうかんがえているうちにおもいだした
まず（水《みず》がいるので）泉《いずみ》をみつけること
それから話《はな》し相手《あいて》がいるので（もしみつかるなら）
ヤギやニワトリやヒツジをかうこと

天気《てんき》がわるいときには小屋《こや》がいる
それには（はいるために）あけたり（ヘビがいたら
いれないために）しめたりできるドアがいる
それからやばんじんをしめだすためにかぎがいる

水夫はまずつりばりをつくりはじめた　はじめてすぐ
たいようがあつすぎてむりだとわかった
そこで一ばんはじめにしなければならないのは
大《おお》きなひよけ帽子をつくることだときがついた

水夫は木《き》の葉《は》で帽子をつくりかけ
そこでかんがえた　「とてもあつくてかなわない
のどはカラカラだしなんとかしなくちゃ
だからまずはじめに泉をさがそう」

水夫はあるきだし　そこでかんがえた「そうだ
あしたになってだれもいないとさびしいぞ」
そこでノートをとりだしてこうかきつけた
「まずニワトリをみつけなくちゃ　いや　ヤギを」

水夫は（かたちでそれとわかる）ヤギをみつけ
そこでかんがえた「島をでるためにボートがいる
ボートには帆《ほ》がいる　帆をつくるには針《はり》と糸《いと》がいる
だからまずこしをおろして針をつくろう」

水夫は針をつくりかけ　そこでかんがえた
もしこの島にやばんじんがひそんでいたら
そっと小屋にかくれているほうが安全《あんぜん》だ
こんなことしていたらふいにおそわれるかもしれない

こうして水夫はかんがえた　小屋のこと　ボートのこと
帽子やズボンのこと　ニワトリやヤギのこと
（たべものをとる）つりばりや（のどをうるおす）泉のこと……
だけどまずはじめになにをしたらいいかわからなかった

水夫はとうとうなんにもしなかった
ショールにくるまりひなたぼっこをしているだけだった
ずいぶんひどいやりかただとおもうけど
たすけられるまで水夫はひなたぼっこしかしなかった！

6　エンジニア

雨《あめ》よふれふれ
ぼくはへいきだ
二かいにぼくの
汽《き》車《しゃ》がある
ぼくのつくった
ブレーキがすてき
ひもでつくった
ブレーキだ
ひっぱると　ほら
このぜんまいに
こうひっかかって
とまるんだ

ひっぱるだけで
ガッタン

しゃりんもみんな
あっというまに
うごかなくなり
とまるんだ
ひものじゃなくて
まるでほんとの
ブレーキみたいに
ガッタン

いちんち雨がふってる日《ひ》に
ぼくはこのしかけをつくるんだ
とってもいいブレーキだけど
まだうまくいったことはない

もくてきち

クリストファー　クリストファー　どこへいくの
　クリストファー・ロビン?
「丘《おか》の上《うえ》にいくだけだよ　てっぺんまで
どんどんどんどんのぼっていって
丘の上にいくんだ　てっぺんまで」
　と　クリストファー・ロビン

クリストファー　クリストファー　なぜいくの
　　　　クリストファー・ロビン？
丘の上にはなんにもないよ　だから
どうするの　てっぺんまでのぼってから？
「また下《した》におりるんだよ」
　　　　と　クリストファー・ロビン

毛《け》むくじゃらのクマ

もしもぼくがクマだったら
それも大《おお》きなクマだったら
氷《こおり》がはっても雪《ゆき》がふっても
ちっともこまらない
雪がふっても氷がはっても
ちっともこまらない
すっぽり毛皮《けがわ》につつまれた
あんなコートをきるんだもの！

ブーツもオーバーも毛皮のフワフワ
ズボンも帽子《ぼうし》も茶色《ちゃいろ》のフワフワ
えりまきもかたかけも毛皮のフワフワ
手《て》ぶくろもくつしたも茶色のフワフワ
頭《あたま》からつま先《さき》まで毛皮ですっぽり

冬《ふゆ》じゅう大きな毛皮のベッドでねむる

ゆるしてあげるよ

小《ちい》さなカブトムシみつけた　カブトっていうなまえだ
アレクサンダーとよんでもやっぱりへんじした
マッチばこにいれて一日《いちにち》じゅうかっていた……
そしたらばあやがぼくのカブトをにがした

そう　ばあやはカブトをにがした

ばあやはにがしてしまったんだ

カブトはにげた

「にがすつもりじゃなかったの」ばあやはいった　「うん」ぼくはいった
「マッチがいるのでふたをあけたの」ばあやはいった

「ごめんね」ばあやはいった　でもマッチとまちがえられて
とびだしたカブトムシをつかまえるのはむずかしい

「ごめんね」ばあやはいった　ぼくはおこってはいけないんだよ
だってお庭《にわ》をさがしてみればカブトムシのあなに
カブトムシがいくらでもみつかるはずだから――
そしてべつのマッチばこのふたに「カブト」とかけばいいんだ

ばあやとぼくはカブトムシのいそうなばしょにいった
そしてカブトムシのすきそうな声《こえ》をだしてみた
いたいた一ぴき　ぼくは大《おお》きな声をあげた
「カブトムシのおうちだ　アレクサンダー・カブトだ！」

まちがいない　それはアレクサンダー・カブトだった
カブトもぼくにまちがいないとおもったようだった
カブトはこういいたいようだった
「ごめんね　きみからにげちゃって」

ばあやはさっきのことはごめんねといっている
そしてふたに大きくアレクサンダーとかいている
ばあやとぼくはなかよしだ　だってマッチとまちがえられて
とびだしたアレクサンダーをつかまえるのはむずかしい

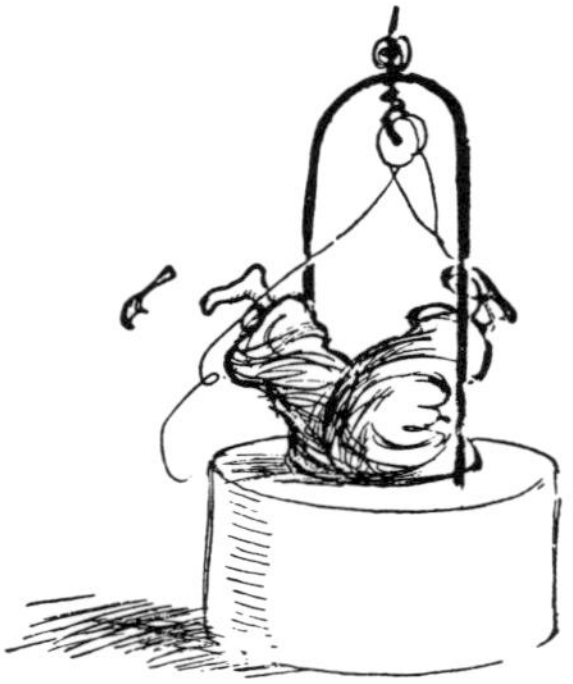

皇《こう》帝《てい》陛《へい》下《か》の詩《し》

ペルーというくにの王《おう》さまは
（皇帝陛下でもありました）
おぼえておくとやくにたつ
詩《し》を知っていました
知らない人《ひと》がやってきて
はずかしい気《き》がするときに
人から時間《じかん》をきかれて
時計《とけい》がとまっているときに
うっかりしていて（まちがって）

井戸《いど》におちてしまうときに
スケートをしていてすってんと
帽子《ぼうし》にしりもちつくときに

朝《あさ》ごはんのしたくができていても
おかゆがさめてしまうまで
おしえてもらえないときに——
なにかそういうめにあうときに

はらがたったり
つまらなかったり
かなしかったりするときいつも
皇帝陛下はつぶやきます
そのふしぎな詩をつぶやきます
すると　きぶんがおちつきます

八八《はっぱ》六十四《ろくじゅうし》
かける七
それに
たす一
ひく十一
九九《くく》八十一《はちじゅういち》
かける三
それに
たす四
おやつどき

王妃《おうひ》さまが王さまの
だいじなよろいをせんたくし
せっかくきれいになったのに
のりをつけわすれるときに
おたんじょう日《び》が（五月《ごがつ》なのに）
十一月みたいに雨《あめ》がふり
三月みたいに風《かぜ》がふく
いやな天気《てんき》になるときに
えらい人たちにかこまれて
だいじなしごとのせきにいて
サインをしているさいちゅうに
とつぜんシャックリするときに
おっこちたペンをひろおうと
かがんだひょうしにあたまから
王さまのかんむりがおっこちて
王妃さまがオホンというときに
はらがたったり

はずかしかったり
きまりがわるかったりするときいつも
皇帝陛下はささやきます
そのおかしな詩をささやきます
すると　きもちがしゃんとします

八八《はっぱ》八十一《はちじゅういち》
かける七
それに
たす四
ひく十一
九九《くく》六十四《ろくじゅうし》
かける三
それに
たす一
おやつどき

よろいをつけた騎士《きし》

りっぱな騎士になるときはいつも
ぼくはきっちりよろいをつけて
騎士にふさわしい仕事《しごと》をさがす
たとえば竜《りゅう》のすみかをしゅうげきし
つかまっていた人《ひと》たちをすくいだし
竜をあいてにたたかったりする
たたかいがはじまるとぼくは
竜が勝《か》ってもいいとおもう
ぼくが負《ま》けてもいいとおもう
だってあいては竜だもの

ぼくといっしょにきて

川《かわ》に日《ひ》があたり丘《おか》に日があたっている
しずかに立《た》っていると海《うみ》の音《おと》がきこえる！
いなかの家《いえ》に　生《う》まれたての子犬《こいぬ》が八ひきいた——
そして片《かた》うでしかない水夫《すいふ》にであった！
それなのにみんないう「はしっておかえり！」
（はしっておかえり　はしっておかえり！）
みんなみんないう「はしっておかえり　いまいそがしいから」
みんなみんないう「はしっておかえり
　いい子だから！」
ぼくがいい子ならみんなぼくといっしょにきてくれたらいいのに！

川に風《かぜ》がふき丘に風がふいている
水車小屋《すいしゃごや》の黒《くろ》い水車がとまっている！
水《みず》におぼれたばかりの一ぴきのハエを見《み》た——

そしてうさぎがもぐりこむあなを見つけた！
それなのにみんないう　「はしっておかえり！」
（はしっておかえり　はしっておかえり！）
みんなみんないう　「そうだよ」そしてぼくにはかまわない
みんなみんないう　「はしっておかえり
いい子だから！」
ぼくがいい子ならみんなぼくにあいにきてくれたらいいのに！

池《いけ》のきしべで

ぼくはさかなをつっている
しゃべっちゃだめ　そばへこないで　だれも！
さかなにきこえるかもしれないじゃないの
さかなはぼくがひもであそんでるとおもっている
さかなはぼくがちょっとかわった生《い》きものだとおもっている
さかなは知《し》らないんだ　ぼくがさかなつりをしていること
知らないんだ　ぼくがさかなつりをしていること
知らないんだ　ぼくがやっているのは——
　さかなつりだってこと

そうじゃない　ぼくはイモリをとっている
せきをしちゃだめ　そばへこないで　だれも！
どんな小《ちい》さい音《おと》がしてもイモリはビクッとする
イモリはぼくが小さい新《あたら》しいしゅるいの木《き》だとおもっている
イモリはここにいるのがぼくだとおもっていない
イモリは知らないんだ　ぼくがイモリとりをしていること
知らないんだ　ぼくがイモリとりをしていること
知らないんだ　ぼくがやっているのは——
　イモリとりだってこと

小《ちい》さな黒《くろ》いめんどり

ベリーマンとバクスター
プリティボーイとペン
それにミドルトンじいさんは
五人《ごにん》そろって大男《おおおとこ》
みんなそろっておいかけた
小さな黒いめんどりを

めんどりはすばやくにげた
みんなもすばやくおいかけた
バクスターがせんとうで
ベリーマンが一ばんうしろ
ぼくはすわってながめていた
古《ふる》いアンズの木《き》のそばで……
めんどりはクワッと垣根《かきね》をこえ

ぼくのところへやってきた

小さな黒いめんどりは
「あら　ぼっちゃん！」といった
ぼくはこたえた「やあ　どうも
はじめまして　こんにちは
小さな黒いめんどりさん
ぼくにおしえてくれないかな
なにをほしがっていたの
あの大男たちは？」

小さな黒いめんどりは
ぼくにこたえてこういった
「あの人《ひと》たちがほしがってるのは
おやつのためのたまごなの
あの人たちが王《おう》さまでも
あるいは皇帝陛下《こうていへいか》でも

わたしはとってもいそがしくて
たまごをうむひまなどないの」

「ぼくは王さまじゃない
かんむりをもっていない
ぼくは木のぼりをしても
すぐにまたころがりおちる
ぼくは片目《かため》をつぶれる
十までかぞえることもできる
だからぼくにたまごをひとつ
うんでくれない　めんどりさん」

小さな黒いめんどりはいった
「ぼっちゃんはなにをしてくれるの
わたしがぼっちゃんのために
復活祭《ふっかつさい》のたまごをうんであげたら？」

「ぼくはていねいにこんにちはと
あいさつをしてあげる
それからどうぶつえんにいる
クマを見《み》せてあげる
それからぼくの足《あし》にできたイラクサの
きずを見せてあげる
ぼくのためにとっても大《おお》きな
復活祭のたまごをうんでくれたら」

小さな黒いめんどりはいった
「こんにちはというあいさつや
大きな茶色《ちゃいろ》のクマなんか
わたしはどうでもいいけれど
ぼっちゃんのためにすばらしい
復活祭のたまごをうんであげるわ
もしぼっちゃんの足にできたイラクサの
きずを見せてくれたら」

ぼくはめんどりに見せてあげた
チクチクいたむ足のきずを
めんどりは黒いはねで
そっとそのきずにさわった
「チチンプイプイ十かぞえれば
きずのいたみはとんでいく
それではたまごをまっててね」
小さな黒いめんどりはいった

復活祭の朝《あさ》がきて
ぼくが目をさましたら
めんどりがやくそくしてくれた
たまごを見つけることだろう
ぼくが王さまでも
あるいは皇帝陛下でも
こんなすばらしいことには
けっしてあえなかっただろう

ベリーマンとバクスター
プリティボーイとペン
それにミドルトンじいさんは
五人そろって大男
みんなそろってほしがっている
おやつのためのたまごを
だけど小さな黒いめんどりはいそがしい
小さな黒いめんどりはとってもいそがしい

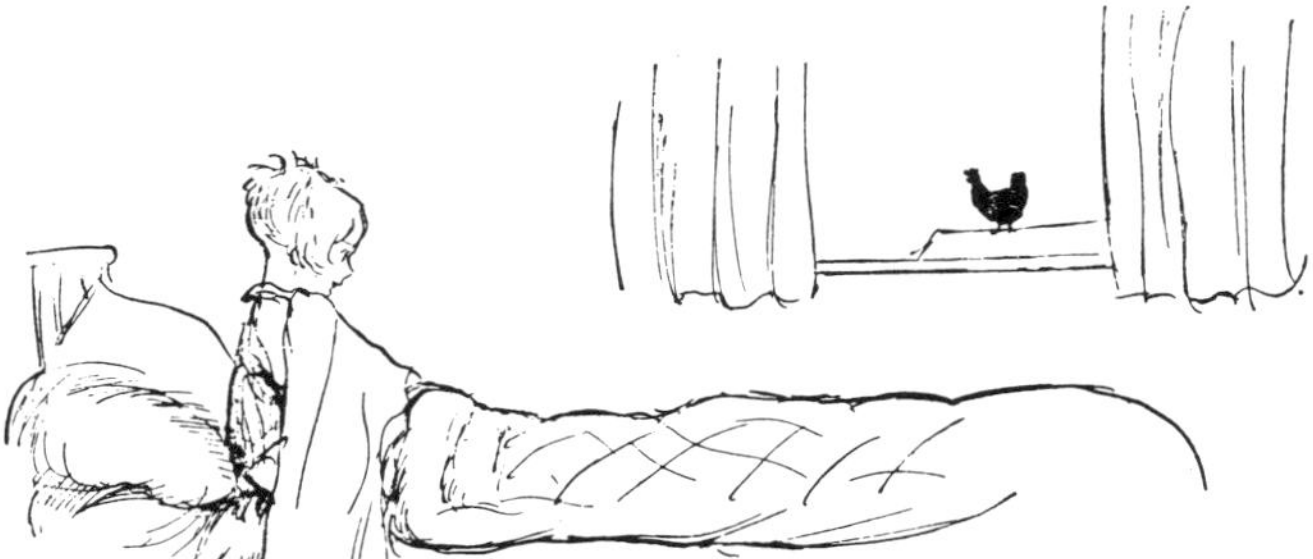

小さな黒いめんどりはとってもいそがしい……
たまごをうむのはぼくのためだ！

ともだち

たくさんの人《ひと》たちがいつもいろいろしつもんしてくる
日《ひ》づけやおもさやおかしな王《おう》さまのなまえなんか
そのこたえは六ペンスとか百《ひゃく》インチとかになる
まちがってこたえるとみんなはぼくをばかだとおもうだろう
だからプーとぼくはひそひそささやき　プーはあかるい顔《かお》でいう
「えーと　ぼくのこたえは六ペンスだけどちがうかもしれないよ」
そのこたえがまちがっていたってちっともかまわない
プーが正《ただ》しければぼくは正しい　プーがまちがっていればぼくのせいじゃない

いい子《こ》

おかしいわ　ママとパパがよくきくのは　「ジェーン？

いい子でいたの？

いい子でいたの？」

おかしいわ　こういってまたくりかえすのは
「いい子でいたの？」

「いい子でいたの？」

あたしはパーティーにいく　お茶《ちゃ》によばれていく
海《うみ》べのおばさんの家《うち》へ一週間《いっしゅうかん》もいく
学校《がっこう》からかえる　あそびからかえる
どこからかえってもいつもおんなじ
「ねえ
いい子でいたの　ジェーン？」

KEEP OFF
GRASS

たのしい日《ひ》のおわりはいつもおんなじ
「いい子でいたの？」
「いい子でいたの？」
どうぶつえんにいった　ママとパパはまちかまえていていう
「いい子でいたの？」
「いい子でいたの？」

あたしがなにをしにいったとおもっているのかしら？
どうぶつえんであたしがわるい子になりたいとおもうかしら？
そうだとしてもあたしがそれを話《はな》すかしら？
だからおかしいわ　ママとパパがなんどもきくのは
あたしがわるい子でなかったかとしんぱいして
「ねえ
いい子でいたの　ジェーン？」

ひとつのかんがえ

ぼくがジョンでジョンがぼくなら
ジョンは六《むっ》つでぼくは三《みっ》つ
ジョンがぼくでぼくがジョンなら
ぼくはこういうズボンをはけない

ヒラリー王《おう》とこじき

クリスマスがくるといろいろな人《ひと》が
かしこい王さまヒラリーのお話《はなし》をする
わたしはときどきかんがえた
もしもだれかがそのお話を
詩《し》のかたちにかきなおしたら
もっとおもしろくなるだろうと
学者《がくしゃ》はそれをしないので
わたしがせいいっぱいやってみた

☆ ☆ ☆

かしこい王さまヒラリーは
大臣《だいじん》にむかってこういった
(ないかくそうり大臣の
いばったウイロビーこうしゃくに)

「小《ちい》さな門《もん》まではしってくれ
いそいで　いそいで　大《おお》いそぎで
小さな門まではしってくれ
だれかがノックしているぞ
海《うみ》をわたってアラビアから
くじゃくとぞうげと宝石《ほうせき》を
わたしにもってきてくれた
かねもちの男《おとこ》かもしれない
旅《たび》をかさねてはるばると
わたしのくつしたにいれるため
オレンジをもってきてくれた
まずしい男かもしれない」

ないかくそうり大臣の
いばったウイロビーこうしゃくは
ぶえんりょにわらって*こういった

＊オッホッホッ！

「国王陛下《こくおうへいか》が国王のくらいにおつきになってから
いつもおそばをはなれずにおつかえしてきたこのわたし
あるいたことはありますが　はしったことはありません
けっして　けっして　ありません」

かしこい王さまヒラリーは
大臣にむかってこういった
（ないかくそうり大臣の
いばったウイロビーこうしゃくに）
「小さな門まであるいてくれ
いそいで　いそいで　大いそぎで
小さな門まであるいてくれ
だれかがノックしているぞ
わしばなであごにひげをはやし
砂金《さきん》とこしょうとビャクダンを
わたしにもってきてくれた
ふねの船長《せんちょう》かもしれない

のんきに口《くち》ぶえふきながら
わたしのくつしたにいれるため
コンペイトウをもってきてくれた
さらあらいの男かもしれない」

ないかくそうり大臣の
いばったウイロビーこうしゃくは
ぶえんりょにわらってこういった
「四《よっ》つのときから宮廷《きゅうてい》におつかえしてきて　これからも
長《なが》い年月《ねんげつ》宮廷におつかえしますこのわたし
窓《まど》をあけたことはありますが　ドアをあけたことはありません
けっして　けっして　ありません」

かしこい王さまヒラリーは
大臣にむかってこういった
(ないかくそうり大臣の
いばったウイロビーこうしゃくに)

「そこの窓をあけてくれ
いそいで　いそいで　大いそぎで
そこの窓をあけてくれ
だれかがノックしているぞ
りんごのほっぺにえくぼをうかべ
お妃《きさき》からのあいさつを
わたしにもってきてくれた
こまづかいの娘《むすめ》かもしれない
おっかなびっくりささやきながら
わたしのくつしたにいれるため
ハシバミをもってきてくれた
小さな子《こ》どもたちかもしれない」

ないかくそうり大臣の
いばったウイロビーこうしゃくは
ぶえんりょにわらってこういった
「国王陛下にこのわたし　死《し》ぬまでおつかえいたします――

ですがわたしは大臣です　スパイなどではありません
窓からこっそりのぞいたりするようなことはできません
けっして　けっして　できません」

かしこい王さまヒラリーは
大臣の顔《かお》をじっとみた
（ないかくそうり大臣の
いばったウイロビーこうしゃくを）
コチコチあたまの大臣に
なにもいわずに王さまは
小さな門まではしっていった
ノックする人を見《み》るために
アラビアからきた商人《しょうにん》の
かねもち男はいなかった
青《あお》い目《め》をして日《ひ》やけした
ふねの船長はいなかった
お妃さまのおつかいの

こまづかいの娘はいなかった
そこには赤《あか》いくつしたの
こじきがひとり立《た》っていた

かしこい王さまヒラリーは
こじきをじっとながめると
三三《さざん》が九かいわらってから
こじきのからだをおもいきりぐるっとまわしてこういった
「おまえはからだもがんじょうで　うでもなかなかつよそうだ
さあ　あのそうり大臣をいますぐほうりだしてくれ
今日《きょう》からはおまえが大臣だ」

☆　☆　☆

クリスマスがくるとおばあさんたちが
かしこい王さまヒラリーのお話をする
このお話にはすくなくとも
二《ふた》つのおしえがある

一《ひと》つ「けっかがどうあろうと
おそれることなく　ことをなせ」
（とくに王さまのためならば）
もう一つ　（前《まえ》のおしえほど
かしこいおしえじゃないけれど）
「足《あし》に赤いくつしたを
はいたこじきはまちがいなく
いつか大臣になるだろう」

ブランコのうた

ほうら　ぼくはブランコをこいでのぼる
　こんなに高《たか》く
ぼくは野原《のはら》の王《おう》さまだ　そして町《まち》の
　王さまだ
ぼくは大地《だいち》の王さまだ　そして空《そら》の
　王さまだ
ほうら　ぼくはブランコをこいでのぼる……
　そしておりる

わかった

エリザベス・アンは
ばあやにいった
「ねえ　おしえて　神《かみ》さまはどうしてこの世《よ》に生《う》まれたの？
きっとだれかが神さまをつくったはずね
それはいったいだれかしら？　だってあたしは知《し》りたいの」
ばあやはいった「さあ　どうでしょう！」
アンはいった「ねえ　どうなの？
ばあやは知っているんでしょう　だったらおしえて　おねがい」
ばあやは口《くち》にくわえていたピンをとりながらこういった
「さあ　いい子《こ》ね　もうおやすみの時《じ》間《かん》ですよ」

エリザベス・アンは
こころにきめた
そう　これから神さまがどうしてこの世に生まれたかを

知ってる人《ひと》が見《み》つかるまで世界《せかい》じゅうさがしてまわりましょう

アンは早《はや》おきをし　きがえをし　いちもくさんに
はしりだした　えらい人を見つけようと
ロンドンの町《まち》まではしっていき　ノックしたのは
ドゥーディラム閣下《かっか》の四頭《よんとう》だて馬車《ばしゃ》のドア

「もしもし　（どなたかおいでなら）
ねえ　おしえて　神さまはどうしてこの世に生まれたの？」

ドゥーディラム閣下はベッドでおやすみだった
かわりに大《おお》きな赤《あか》い窓《まど》にあらわれたのは
馬車のぎょしゃ閣下の顔《かお》だった
ぎょしゃ閣下はわらっていった「よくもまあ
おかしなことをかんがえたな　そんな小《ちい》さな頭《あたま》して」

エリザベス・アンはうちにかえり
ジェニファー・ジェーンをながいすから

だきあげていった「ジェニファー・ジェーン
いますぐおしえて　神さまはどうしてこの世に生まれたの？」
ジェーンはあんまりしゃべることがすきじゃないけど
へんじした　いつものようにキイキイと

いったいなんといったのか？　はっきりいって
わたしにはわからないけど　エリザベス・アンにはわかった
エリザベス・アンはやさしくこういった「ジェニファー
どうもありがとう　おかげであたしわかったわ」

二をかける

森《もり》のなかに二ひきの子《こ》グマがすんでいた
一ぴきはわるい子で　もう一ぴきはいい子だった
いい子グマは一かける二をおぼえた——
わるい子グマはボタンをはずしたままだった

あつくなると二ひきは木《き》の上《うえ》でくらした
一ぴきはいい子で　もう一ぴきはいい子じゃなかった
いい子グマは二かける二をおぼえた——
わるい子グマはボロボロの服《ふく》をきていた

さむくなると二ひきはほら穴《あな》のなかでくらした
一ぴきはいいつけを守《まも》り　もう一ぴきは守らなかった
いい子グマは三かける二をおぼえた——
わるい子グマはいつもハンカチをもっていなかった

森のなかに二ひきはやさしいおばさんとすんでいた
一ぴきは「はい、おばさん」といい　もう一ぴきは「いやだい」といった
いい子グマは四かける二をおぼえた――
わるい子グマはやぶれたズボンをはいていた

それからとつぜん（ちょうどわたしたちみたいに）
わるいほうはよくなりいいほうはわるくなった
いい子グマは三かける二をまちがえた――
わるい子グマはハンカチを口《くち》にあててせきをした！

いい子グマは二かける二をまちがえた――
わるい子グマは新品《しんぴん》のような服をきていた
いい子グマは一かける二をまちがえた――
わるい子グマはボタンをきちんとはめていた

ここには一《ひと》つのおしえがあるだろう　ないという人《ひと》もいるけれど
わたしはあるとおもう　それがなにかわからないけれど
ひとりがわるい子になるときもうひとりはいい子になるとしたら
この二ひきの子グマはちょうどわたしたちみたいだ
だってクリストファーは十かける二までおぼえたのに
わたしはいつもペンをどこにおいたかわすれてしまうのだから＊

＊だからわたしはこの詩《し》をえんぴつでかかねばならなかった

朝《あさ》のさんぽ

アンとぼくはさんぽにでかけるとき
手《て》と手をつないでお話《はなし》をする
アンとぼくが四十二になったとき
しようとおもういろんなことを

たとえば輪《わ》まわし　じてんしゃのり
アンのふうせんをわったりすること
そういうことをおもいついたとき
アンとぼくはその午後《ごご》そういうあそびをする

ゆりかごの歌《うた》

ティモシー・ティムはもっている
ピンクの足《あし》の指十本《ゆびじゅっぽん》
ピンクの足の指十本
ティモシー・ティムはもっている
それはティムといっしょにいく
ティムがどこへいくときも
ティムがどこへいくときも
それはティムといっしょにいく

ティモシー・ティムはもっている
お空《そら》のいろの目《め》を二《ふた》つ
お空のいろの目を二つ

ティモシー・ティムはもっている
それはティムといっしょに泣《な》く
ティムが泣くときはいつも
それはティムといっしょに泣く

ティモシー・ティムはもっている
あかい毛《け》の頭《あたま》を一《ひと》つ
あかい毛の頭を一つ
ティモシー・ティムはもっている
それはティムといっしょにねむる
ティモシーのベッドのなかで
おやすみなさいぐっすりと
ティモシーのあかい毛の頭

窓《まど》のところでまっている

雨《あめ》のしずくが二《ふた》つならび
窓ガラスの上《うえ》でまっている

どっちが勝《か》つか見《み》ようとして
ぼくは窓のまえでまっている

どっちも　なまえをもっている
一《ひと》つはジョンで一つはジェームズ

どっちが一ばん　どっちがビリ
はやくおちるほうできまる

ジェームズがツツーとうごきだした
ぼくが負《ま》けろとおもってるほうだ

ジョンはうごかずにまっている
ぼくが勝てとおもってるほうだ

ジェームズはゆっくりすすんでいく
ジョンはなにかにひきとめられている

ジョンがやっとうごきだす
ジェームズははやくすすんでいる

ジョンがいそいではしりおりる
ジェームズはまたゆっくりおりる

ジェームズはしみのところでつっかえた
ジョンはもうすぐおいつきそうだ

ジョンはそんなにはやくいけるかな
(ジェームズは毛《け》のゴミにひっかかった)

ジョンはぐんぐんおいこしていった
（ジェームズはハエとお話《はなし》していた）
ジョンが先《さき》についた　ジョンが勝った！
ほら！　ぼくがいったとおり！　お日《ひ》さまもでた！

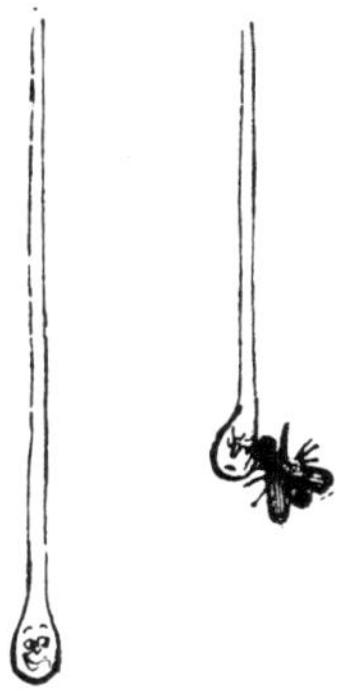

ピンクル・プァー

タトゥーはピンクル・プァーのおかあさん
ピンクルは黒《くろ》くて小《ちい》さい毛皮《けがわ》と足《あし》だけのもの
だんだん目《め》が見《み》えるようになって
おかあさんの大《おお》きいタトゥーが見えた
おぼえることはみんなおかあさんにおそわった
「おかあさんにきいてみよう」とピンクルはいう

タトゥーはピンクル・プァーのおかあさん
ピンクルはすべすべした毛のおかしな子《こ》ネコ
だんだんピンクルは大きくなって
大きいタトゥーとおなじくらいになった
なにをするにもみんなおかあさんといっしょだった
「ふたりはなかまだよ」とピンクルはいう

タトゥーはピンクル・プァーのおかあさん
ピンクルは毛皮のコートをきたぼうけんずきのネコ
やりたいことをかんがえつくといつも
タトゥーのことなど気《き》にしなかった
ぼうけんはおかあさんにはかんけいないとわかっていたから
「じゃ　あとでね」とピンクルはいう

タトゥーはいまもピンクル・プァーのおかあさん
ピンクルはまっくろな毛皮のヒョウみたいな大《おお》ネコ
いまは生《う》まれたばかりの茶色《ちゃいろ》の子ネコが
タトゥーかあさんとあそんでいる……
そのおかあさんをのんびり見おろしながら
「かわいいタトゥー」とピンクルはいう

丘《おか》の上《うえ》の風《かぜ》

だれにもわからない
　だれもしらない
風がどこから吹《ふ》いてきて
　風がどこへ吹いていくか

風はどこからか吹いてくる
　おもいっきりはやく吹いてくる
ぼくはとてもおいつけない
　はしったってかなわない

だけどもしぼくがこのたこの
　ひもをもつ手《て》をはなしたら
風に吹かれてとぶだろう
　昼《ひる》も夜《よる》も一日《いちにち》じゅう

あとでぼくがそのたこの
おちたところを見《み》つけたら
ぼくはきっとわかるだろう
風はそこへも吹いてきたんだ

そのときぼくはわかるだろう
風がどこへ吹いていくか……
だけどどこから吹いてくるか
それはだれもしらない

わすれられて

子《こ》どもべやのおえらがたは
一列《いちれつ》にならんでまっている
五人《ごにん》は高《たか》い城壁《じょうへき》の上《うえ》
四人は低《ひく》い城壁の上
大《おお》きい王《おう》さまと小《ちい》さい王さま
茶色《ちゃいろ》のクマと黒《くろ》いクマ
みんなならんでまっている
ジョンぼっちゃんのおかえりを

あるものはジョンぼっちゃんが
森《もり》でまいごになったとおもう
あるものはそんなことはないといい
あるものはそうにちがいないという
あるものはジョンぼっちゃんが

丘《おか》にかくれているとおもう
あるものはかえらないだろうといい
あるものはかえるだろうという

まだお日《ひ》さまは高かった
ジョンがいってしまったときは……
そのあとみんなはまっている
こうしてずっと一日《いちにち》じゅう

大きなクマと小さなクマ
白《しろ》い王さまと黒い王さま
みんなはじっとまっている
ジョンぼっちゃんのおかえりを

子どもべやのおえらがたは
丘のふもとを見《み》おろした
あるものはヒツジ小屋《ごや》を見た
あるものは水車《すいしゃ》小屋を見た

あるものは小さい灰色《はいいろ》の
町《まち》の家々《いえいえ》の屋根《やね》を見た
お日さまがだんだんかたむくと
かげはだんだんのびていった

ポプラのこずえを金色《きんいろ》にてらし
おなじみの月《つき》がでてきた
星《ほし》の道《みち》を銀色《ぎんいろ》にてらし
まんまるい月がのぼった
星の道を銀色にてらし
月はひっそりうごいていった
月にてらされてつぎつぎに
灰色の野原《のはら》はねむっていった

子どもべやのおえらがたは
静《しず》かに見はりをつづけている……
ヒツジ小屋からカタカタと

ヒツジたちの音《おと》がきこえてくる
ひな鳥《どり》が　チ、チとつぶやいて
おさないむねにくびをうずめる
とつぜん小さな風《かぜ》が一《ひと》つ
サーッと吹《ふ》きすぎ　そしてやむ

ゆっくり　ゆっくり　いつのまにか
あたらしい日があけてくる
ジョンぼっちゃんはどうなったろう
それはだれにもわからない
あるものはジョンぼっちゃんが
丘でまいごになったとおもう
あるものはかえらないだろうといい
あるものはかえるだろうという
ジョンぼっちゃんはどうなったろう
じつはどうもならなかった

ジョンはなわとびあそびをし
それからボールあそびをした

それからチョウをおいかけた
赤《あか》いチョウ　青《あお》いチョウ
たくさんたのしくあそんだあと
ジョンはベッドにはいったのだ

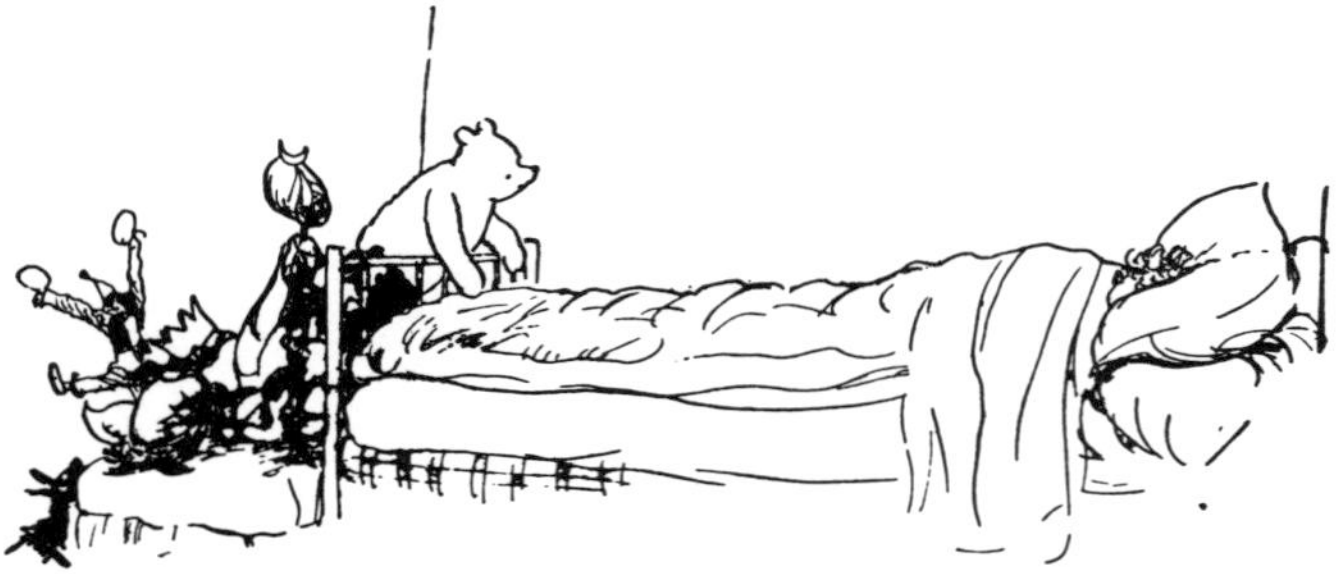

くらやみのなかで

ぼくは夕《ゆう》ごはんをすませた
　夕ごはんをすませた
　　夕ごはんをちゃんとまちがいなくすませた
ぼくはお話《はなし》をきいた
　シンデレラのお話をきいた
　　シンデレラがぶとうかいへいくお話をきいた
ぼくは歯《は》みがきをした
　おいのりをした
　　歯みがきをして　おいのりをまちがえずにいった
みんなぼくのところにきて
　ぼくにたくさんキスをした
　　みんなぼくに「おやすみ」といった
そして――いまぼくはくらやみのなかでひとりぼっち

見《み》ている人《ひと》はだれもいない
　ぼくは心《こころ》のなかでかんがえる
　ぼくは心のなかであそぶ
ぼくが心のなかでいうことはだれも知《し》らない
いまぼくはくらやみのなかでひとりぼっち
　それでどうなる？
ぼくはかんがえたいことをかんがえることができる
ぼくはあそびたいことをあそぶことができる
ぼくはわらいたいことをわらうことができる
　ぼくのほかにはだれもいない

ぼくはウサギくんにはなしかける……
　ぼくはお日《ひ》さまとお話する……
ぼくは百歳《ひゃくさい》だ——
　ぼくは一歳だ
ぼくは森《もり》のなかにねている……
　ぼくはほらあなにねている……

ぼくは竜《りゅう》とお話している……
ぼくはゆうかんだ
ぼくは右《みぎ》をむいてねている
ぼくは左《ひだり》をむいてねている……
あしたはたくさんあそぼう……
…………
あしたはたくさんかんがえよう……
…………
あしたは……
たくさん……
わらおう……
（ヘイホウ！）
おやすみ

おわりに

一《ひと》つのときぼくは
まだはじまったばかりだった
二《ふた》つのときぼくは
まだうまれたてのままだった
三《みっ》つのときぼくは
まだまだぼくじゃなかった
四《よっ》つのときぼくは
そうたいしてかわっていなかった
五《いつ》つのときぼくは
ただげんきいっぱいだった

いまぼくは六《むっ》つで　だれにもまけないおりこうさん
だからぼくはこのままいつまでも六つでいたい

訳者《やくしゃ》あとがき

この本《ほん》はイギリスの作家《さっか》A・A・ミルン（Alan Alexander Milne 1882-1956）が子《こ》どもたちのために書《か》いた第二《だいに》の詩集《ししゅう》『いまわたしたちは六歳《ろくさい》』（*Now We Are Six*, 1927）を訳《やく》したものです。この前年《ぜんねん》には有名《ゆうめい》な童話《どうわ》『クマのプーさん』（石井桃子訳・岩波書店《いわなみしょてん》）（*Winnie-the Pooh*, 1926）が出版《しゅっぱん》され、三年前《まえ》に『わたしたちがおさなかったころ』（*When We Were Very Young*, 1924）という詩集が出版されています。

『わたしたちがおさなかったころ』のほん訳は『クリストファー・ロビンのうた』という題名《だいめい》で、昨年暮《さくねんくれ》に晶文社《しょうぶんしゃ》から出《で》たばかりですが、そのときはまだ名前《なまえ》もついていなかったぬいぐるみのクマが、この本ではちゃんとプーという名で登場《とうじょう》します。「はじめに」の中《なか》で作者《さくしゃ》が書いているように、プーがこの本はじぶんの本ではないとことわっているにもかかわらず、「ぼくたちふたり」と「ともだち」という詩の中にでてきていますし、いつもさし絵《え》をかいているシェパードさんはほかの詩にもあちこちにプーらしいクマの絵をかきそえてくれています。

原題《げんだい》に「いまわたしたちは六歳」とあるように、この詩集の中で子どもの想像力《そうぞうりょく》はさらにひろがり、あそびや行動《こうどう》の半径《はんけい》も大《おお》きくなり、独立心《どくりつしん》も感《かん》じられます。かわいらしい子どものあそびの世界《せかい》や、子どもたちにとって親《した》しみ深《ぶか》い自然《しぜん》をうたっているもののほかに、物語《ものがたり》の性質《せいしつ》をおびた長《なが》い詩が多《おお》くなっていますが、どの詩を読《よ》んでも感じられるのはその中にあふれるユーモアであり、人間《にんげん》らしさです。たとえば「としよりの水夫《すいふ》」という詩の中にでてくる水夫は、ちょうどロビンソン・クルーソーのように漂流《ひょうりゅう》して無人島《むじんとう》にたどりつきます。そしてロビンソン・クルーソーのように水《みず》やたべものをさがし、着《き》るものや住《す》むところをつくろうと思《おも》いたちます。でもなにかはじめようとするとすぐにそれよりもっと大事《だいじ》なことを先《さき》にしなくてはと思い、結局《けっきょく》なんにもしないでひなたでねているだけなのです。ロビンソン・クルーソーのありっぱなたくましさにくらべて、この水夫はなんといくじがなくふつうの人間らしいことでしょう。また、ミルンが王《おう》さまとか騎士《きし》などをとりあげるとき、それはけっしてえらい人《ひと》や強《つよ》い人ではありません。ジョン王さまやペルーの皇帝《こうてい》、騎士トマス・トムなど思わず同情《どうじょう》したり、ふきだしたくなるようなごくささやかな希望《きぼう》や心配《しんぱい》をいっぱいもっている人ばかりです。

ミルンはこの本を、アン・ダーリントンという少女《しょうじょ》に贈《おく》っていますが、アンはミルンの息子《むすこ》クリストファーの小《ちい》さいころ、いちばんなかよしのともだちであったようです。なお、石井桃子さんが先頃《さきごろ》訳された『クマのプーさんと魔法《まほう》の森《もり》』(*The Enchanted Places*, 1974)(岩波書店)という本はクリストファー・ミルンが書いたもので、あのクリストファー・ロビンの育《そだ》った環境《かんきょう》や、父《ちち》のミルンが書いたものの背景《はいけい》がよくわかり興味《きょうみ》深い本です。

原詩《げんし》のもつ音《おと》のひびきの美《うつく》しさをお伝《つた》えすることはとても無理《むり》と思いながら、私《わたし》たちはこの詩集に描《えが》かれている子どもの世界の愛《あい》らしさ、そしてときにはこっけいであったり、教《おし》えられたりする内容《ないよう》のすばらしさにひかれて訳を終《お》えました。声《こえ》をだして読んでいただければこんなうれしいことはありません。

小田島雄志
小田島若子

＊

本書は1979年3月、晶文社から刊行された
『クマのプーさんとぼく』を新装復刊したものです。

著者について

A・A・ミルン
Alan Alexander Milne

1882年生まれ、1956年没。イギリスの作家。
世界中の子どもたちの人気者である
「プーさん」の作者としてあまりにも有名である。
著書に『クマのプーさん』シリーズのほか
『赤い館の秘密』『ぼくたちは幸福だった・
ミルン自伝』などがある。

画家について

E・H・シェパード
Ernest Howard Shepard

1879年生まれ、1976年没。
イギリスの挿絵画家、イラストレーター。
『クマのプーさん』シリーズの
挿絵で知られる。
娘のメアリー・シェパードも
挿絵画家。

訳者について

小田島雄志　おだしま・ゆうし

1930年生まれ。東京大学英文科卒業。英文学者、演劇評論家。東京大学名誉教授、
東京芸術劇場名誉館長。シェイクスピアの全戯曲37編の個人全訳である「シェイクスピア全集」
のほか訳書多数。著書に『ぼくは人生の観客です　私の履歴書』ほか多数。

小田島若子　おだしま・わかこ

1930年生まれ。東京大学英文科卒業。小田島雄志との共訳で
『クリストファー・ロビンのうた』『クマのプーさんとぼく』がある。

NOW WE ARE SIX
Text by A. A. Milne and line illustrations by E. H. Shepard

クマのプーさんとぼく

2018年10月20日　初版印刷
2018年10月30日　初版発行

著者　A・A・ミルン
訳者　小田島雄志・小田島若子
絵　　E・H・シェパード
装丁　鈴木千佳子
発行者　小野寺優
発行所　株式会社河出書房新社
〒151-0051　東京都渋谷区千駄ヶ谷2-32-2
電話　03-3404-1201（営業）　03-3404-8611（編集）
http://www.kawade.co.jp/
印刷　中央精版印刷株式会社
製本　小高製本工業株式会社
Printed in Japan
ISBN978-4-309-20757-5